Para meus pais

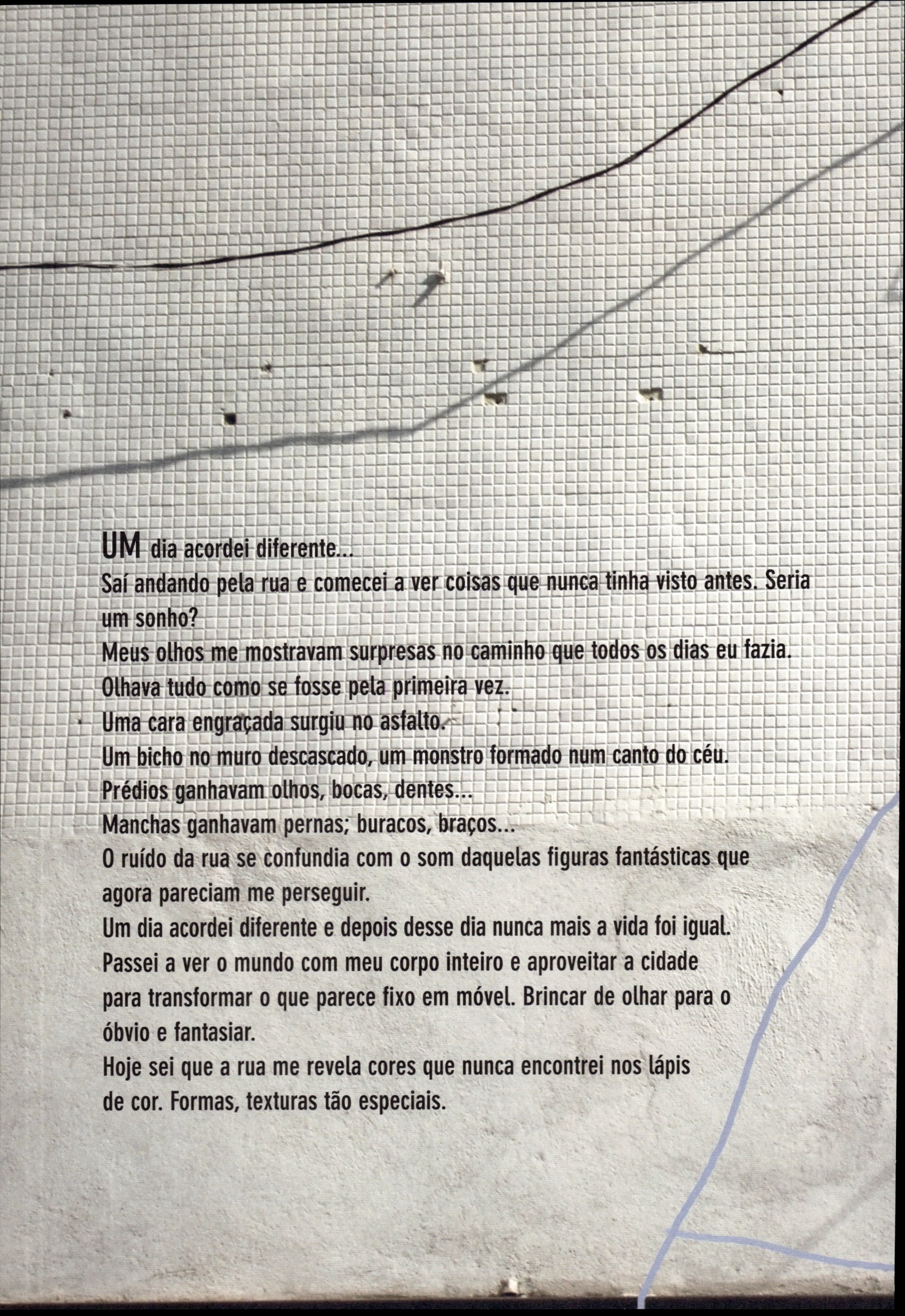

UM dia acordei diferente...
Saí andando pela rua e comecei a ver coisas que nunca tinha visto antes. Seria um sonho?
Meus olhos me mostravam surpresas no caminho que todos os dias eu fazia.
Olhava tudo como se fosse pela primeira vez.
Uma cara engraçada surgiu no asfalto.
Um bicho no muro descascado, um monstro formado num canto do céu.
Prédios ganhavam olhos, bocas, dentes...
Manchas ganhavam pernas; buracos, braços...
O ruído da rua se confundia com o som daquelas figuras fantásticas que agora pareciam me perseguir.
Um dia acordei diferente e depois desse dia nunca mais a vida foi igual.
Passei a ver o mundo com meu corpo inteiro e aproveitar a cidade para transformar o que parece fixo em móvel. Brincar de olhar para o óbvio e fantasiar.
Hoje sei que a rua me revela cores que nunca encontrei nos lápis de cor. Formas, texturas tão especiais.

OUTRO dia me disseram para acordar desse sonho...
— Não, senhor!
Que os monstros urbanos persigam você também!

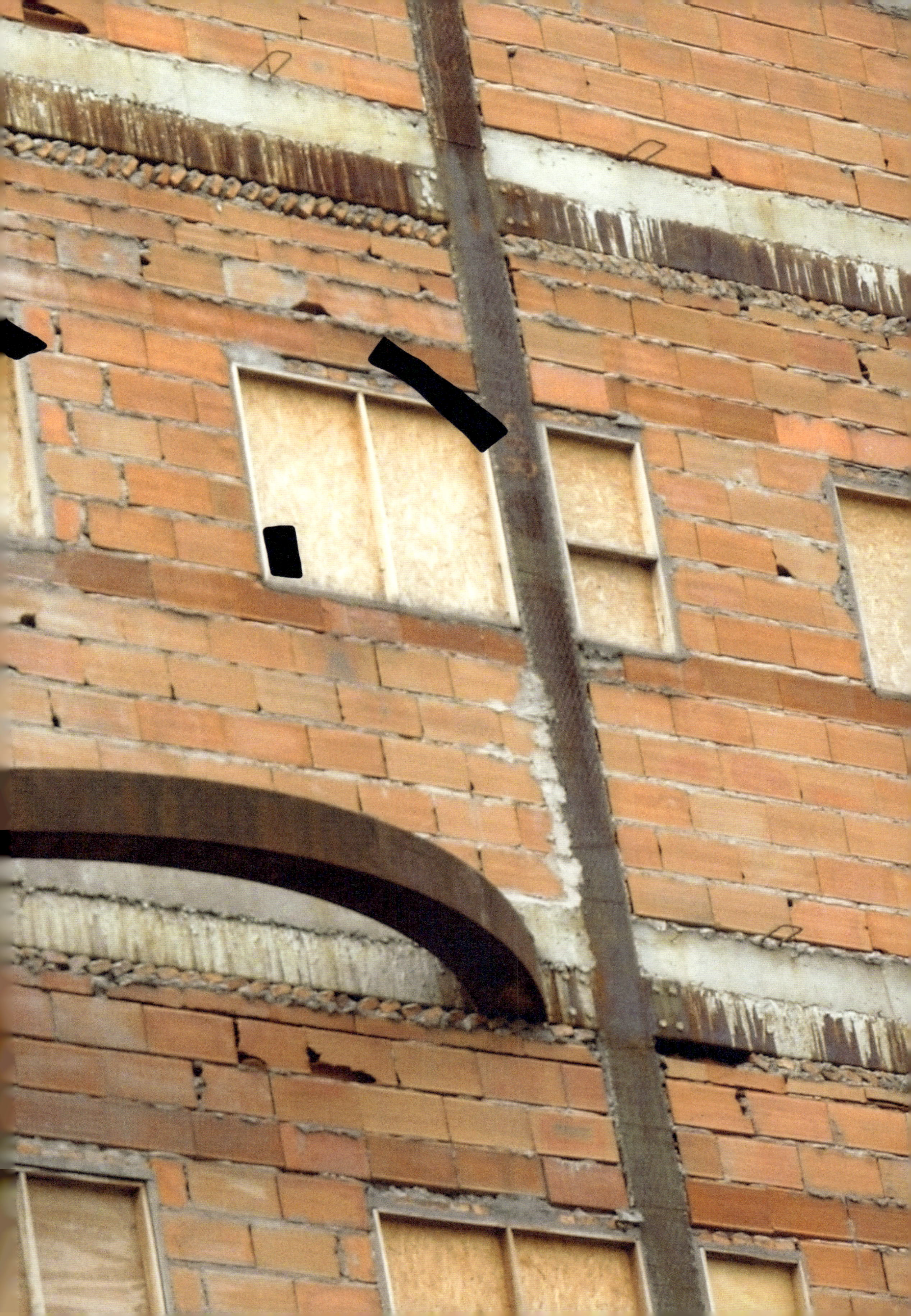

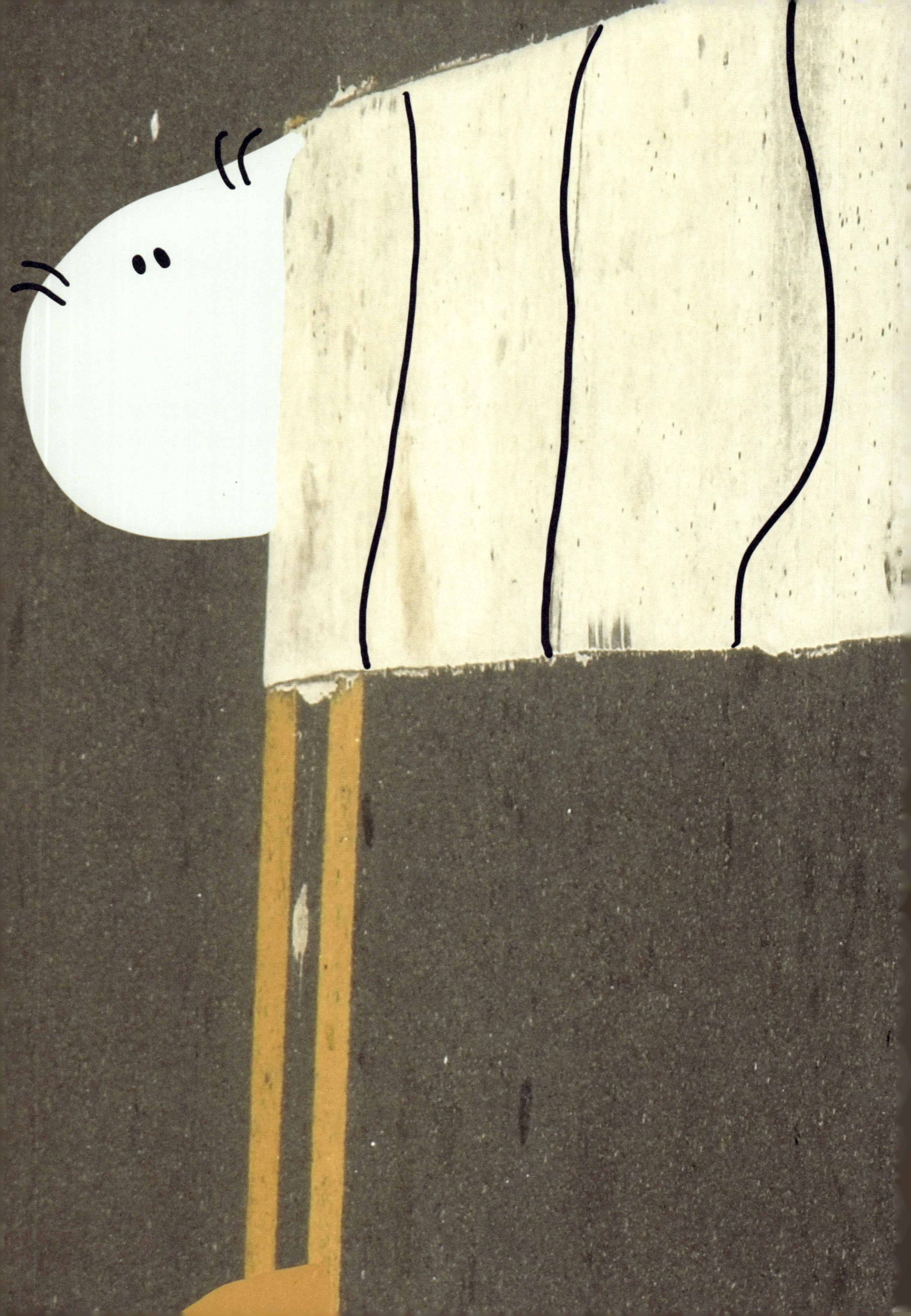

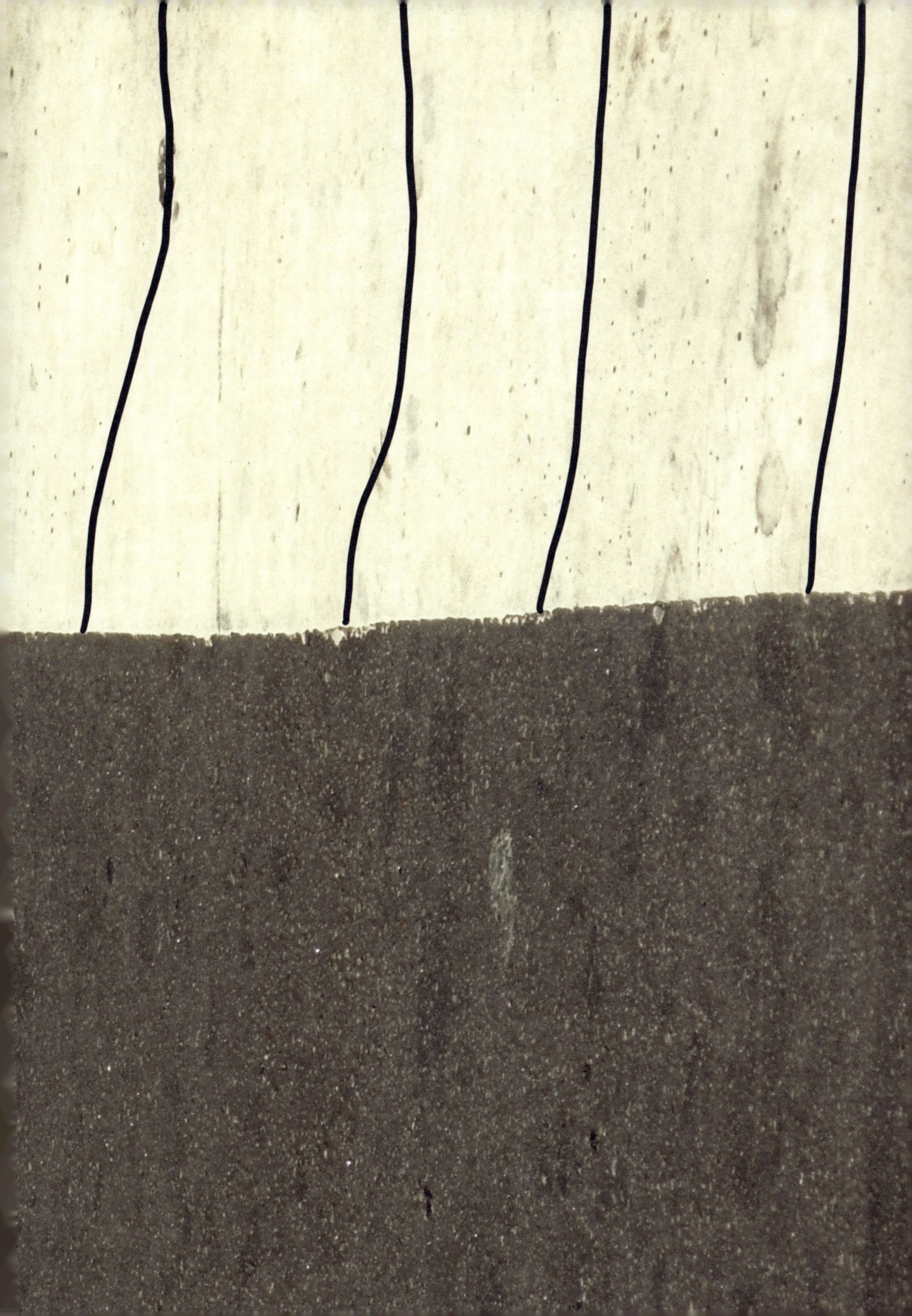

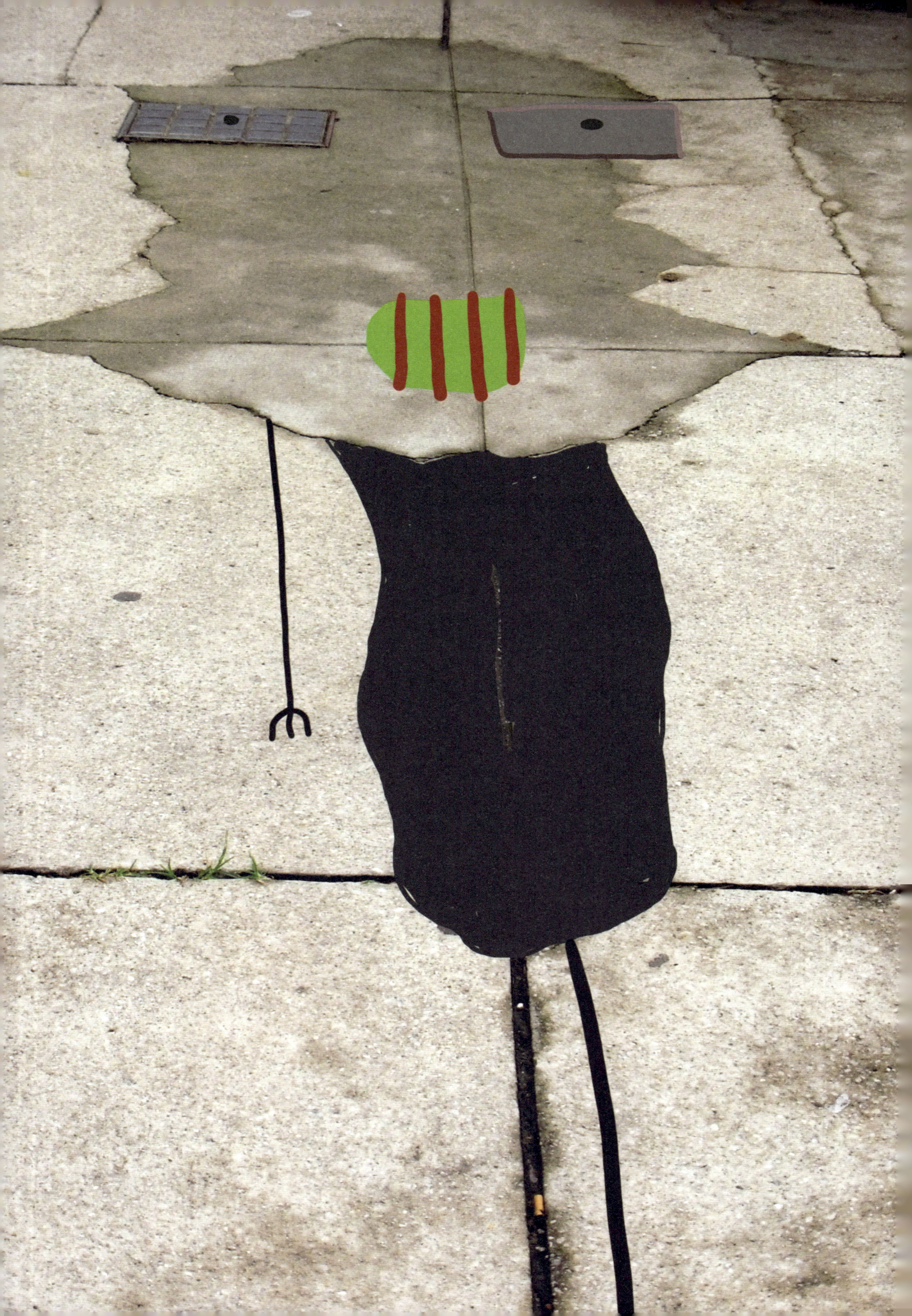

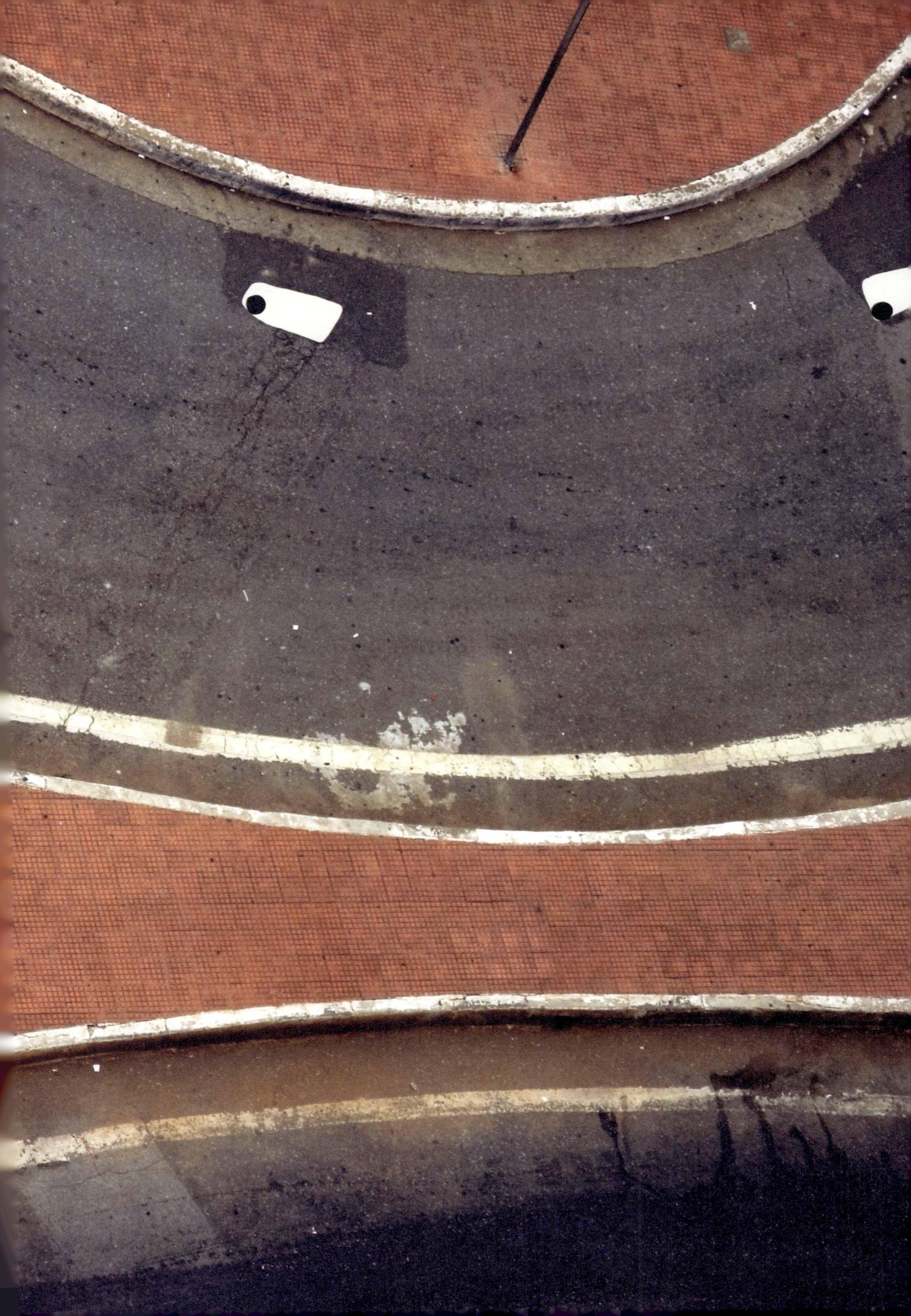

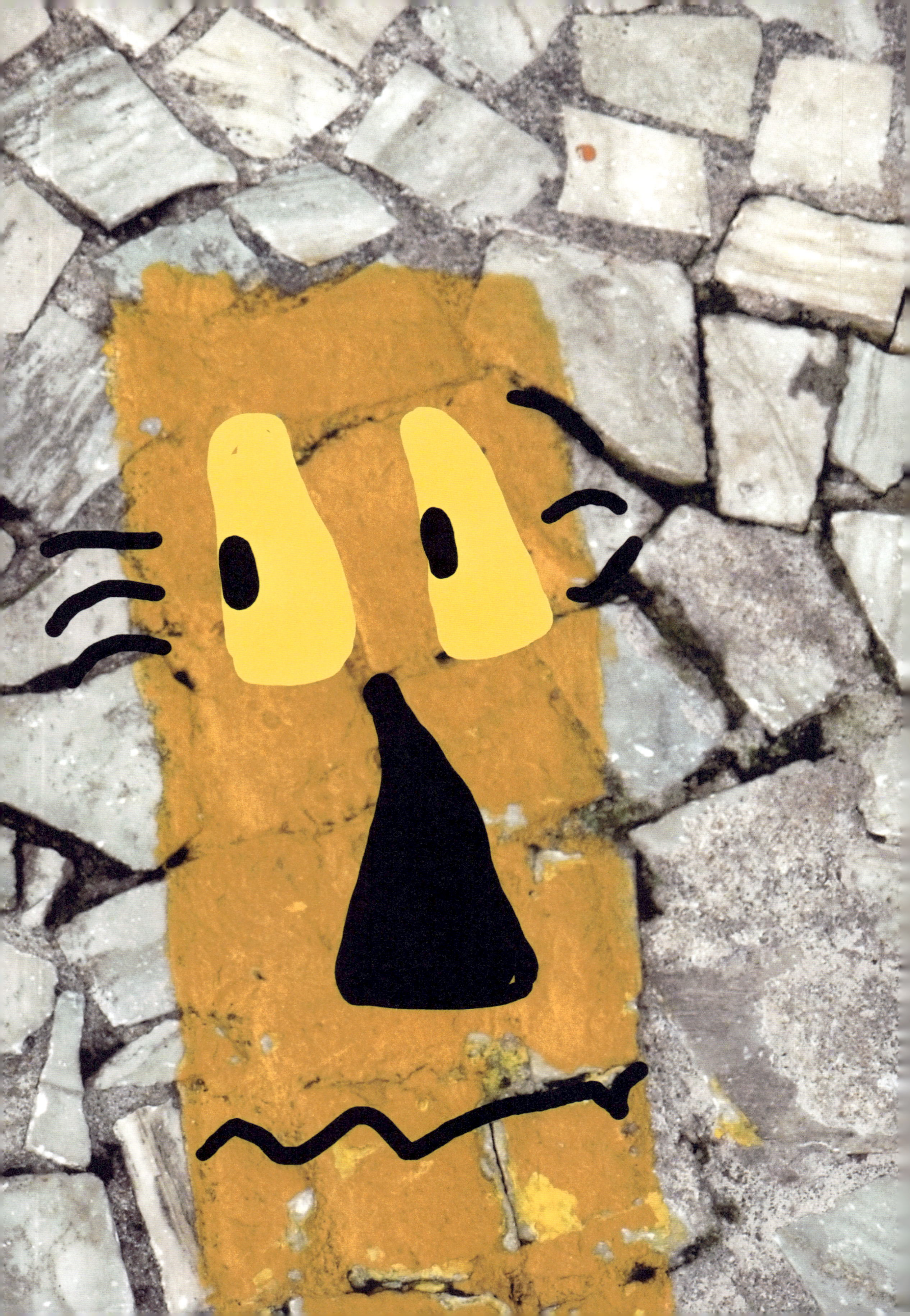

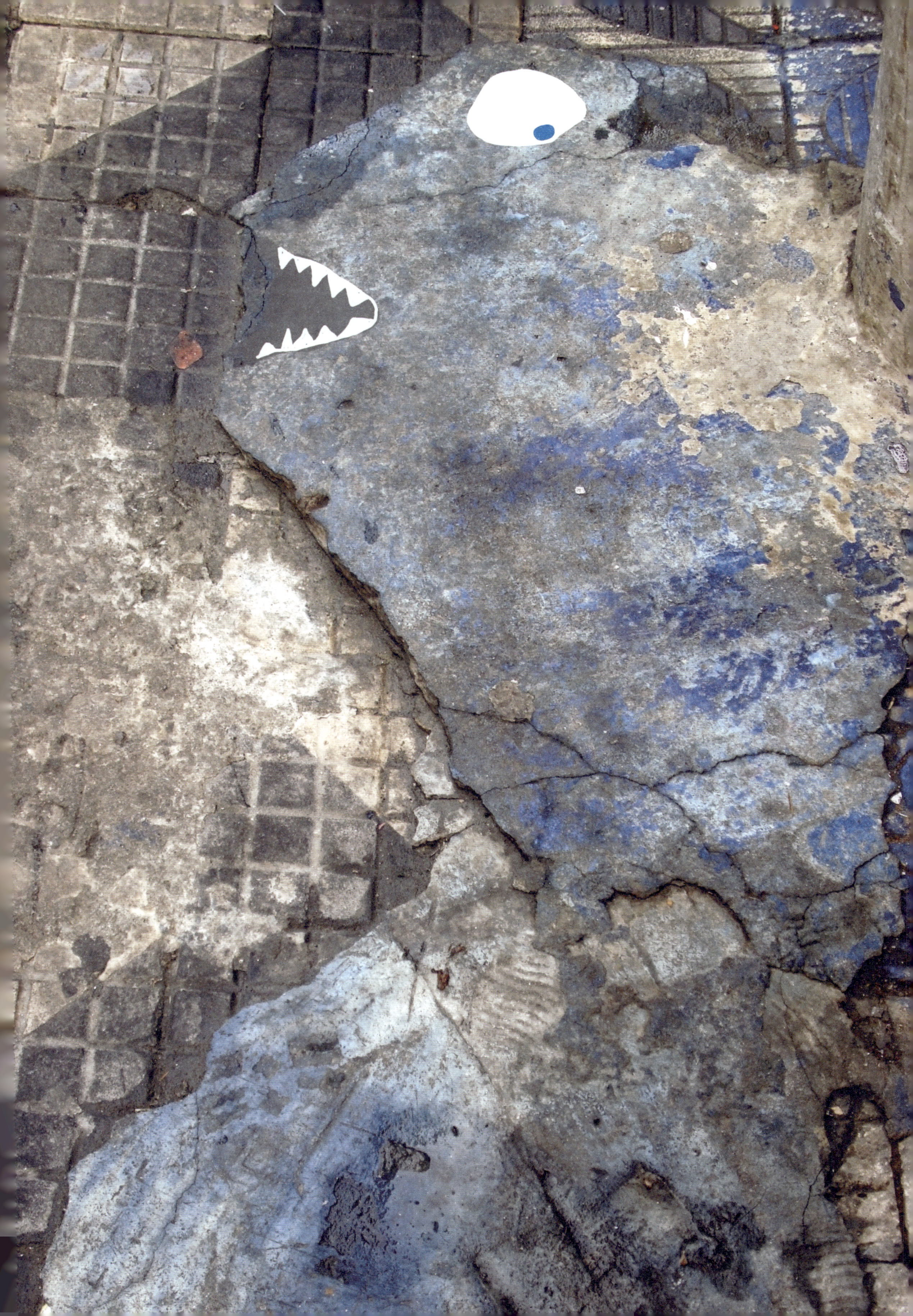

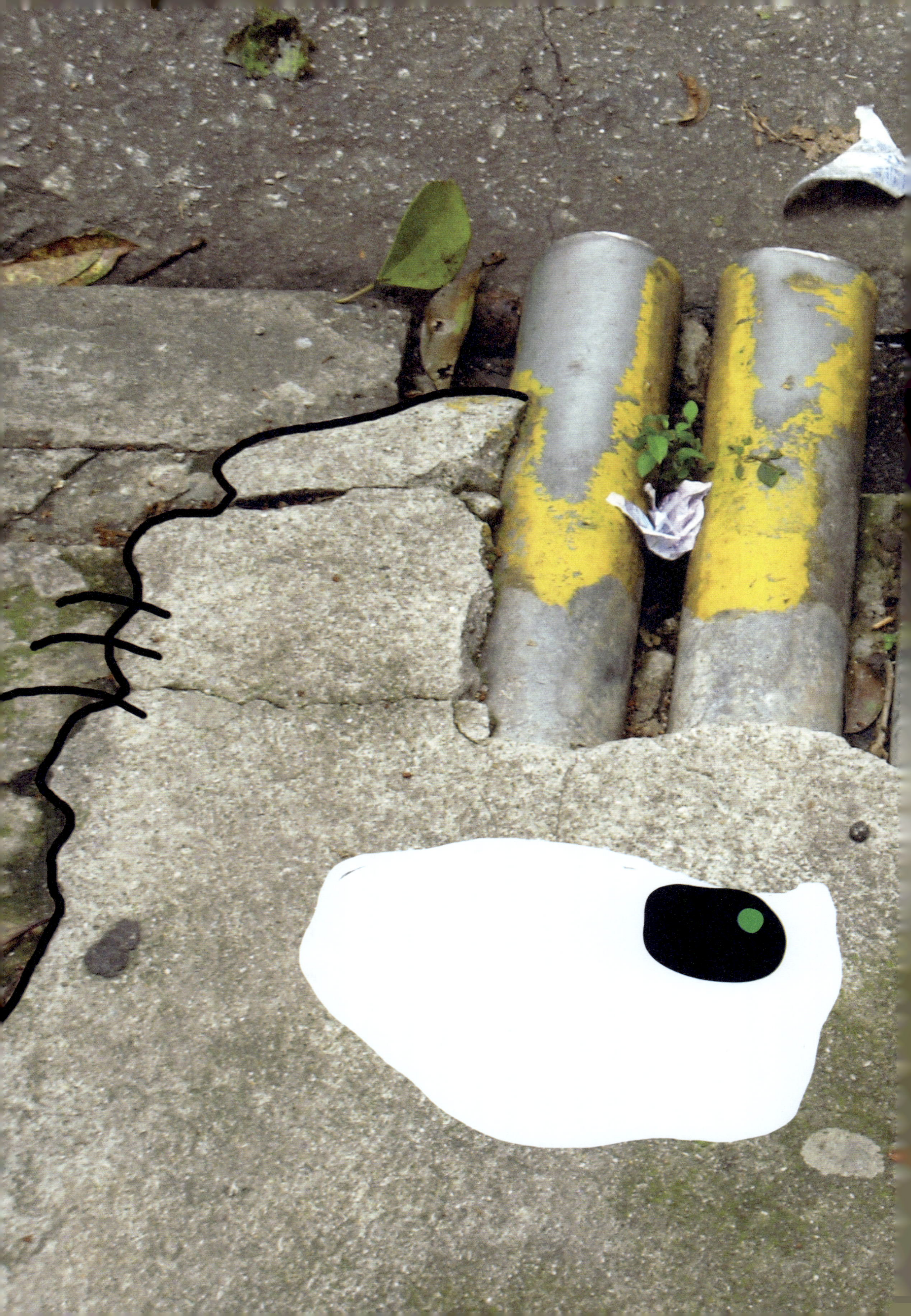

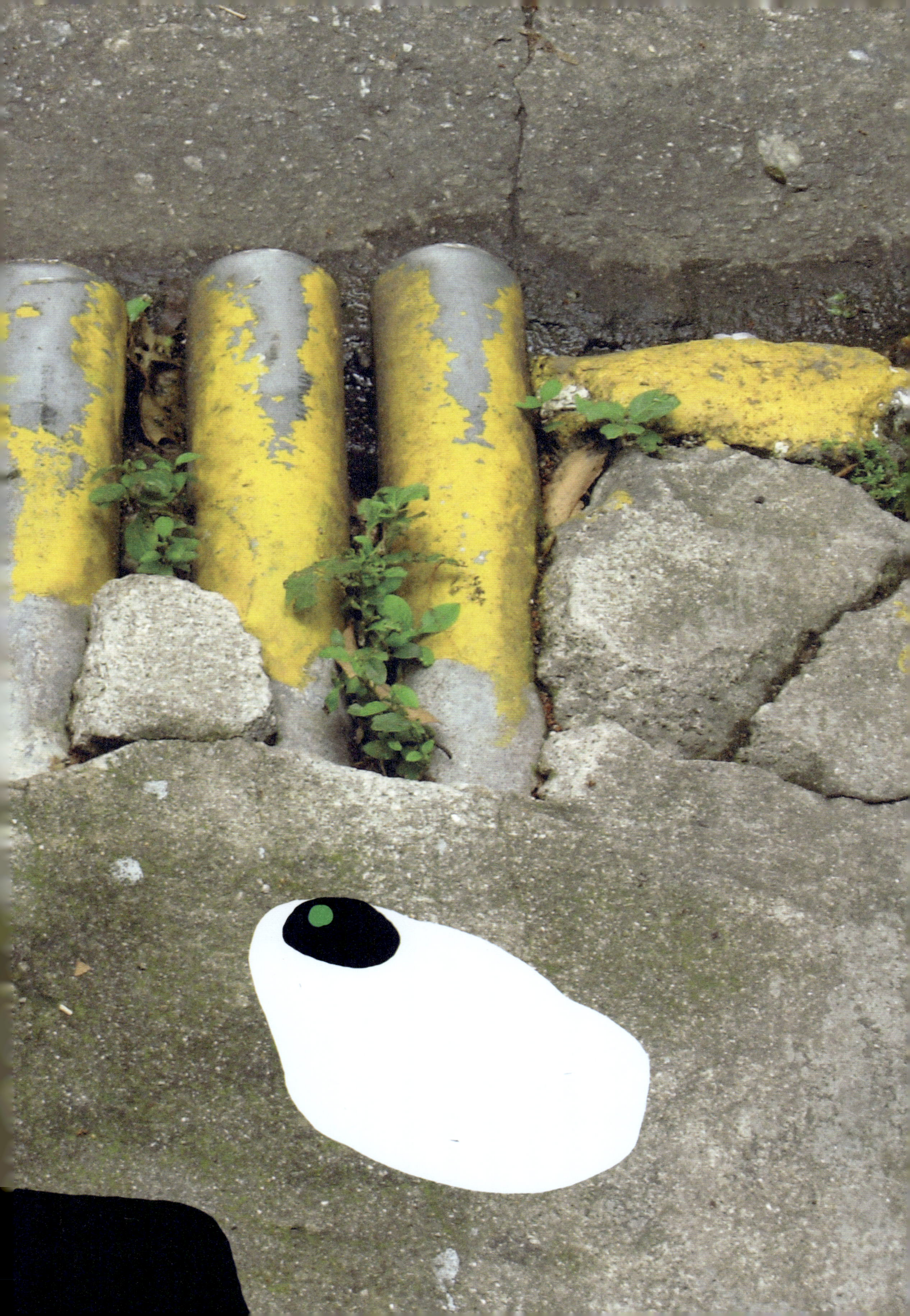

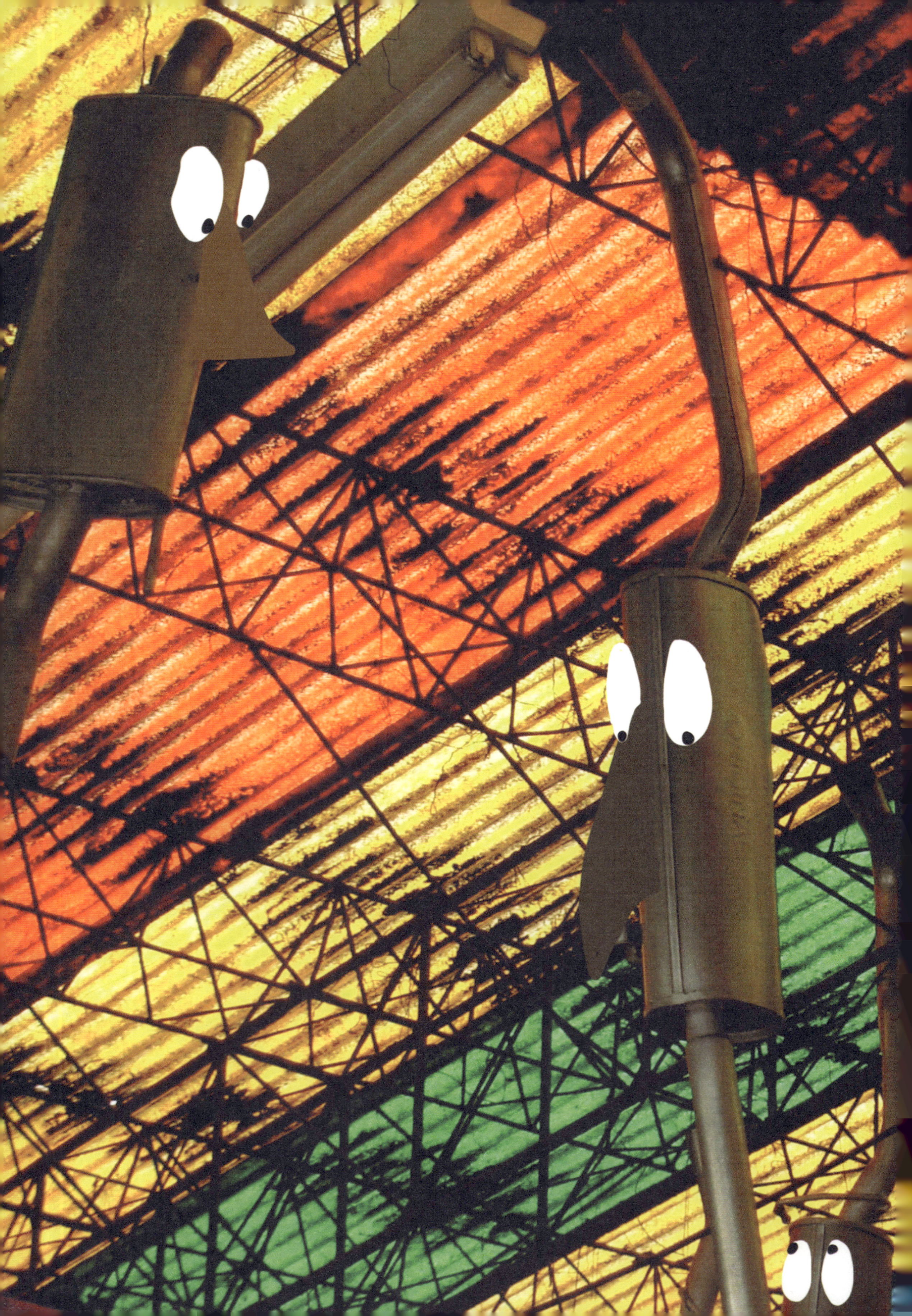

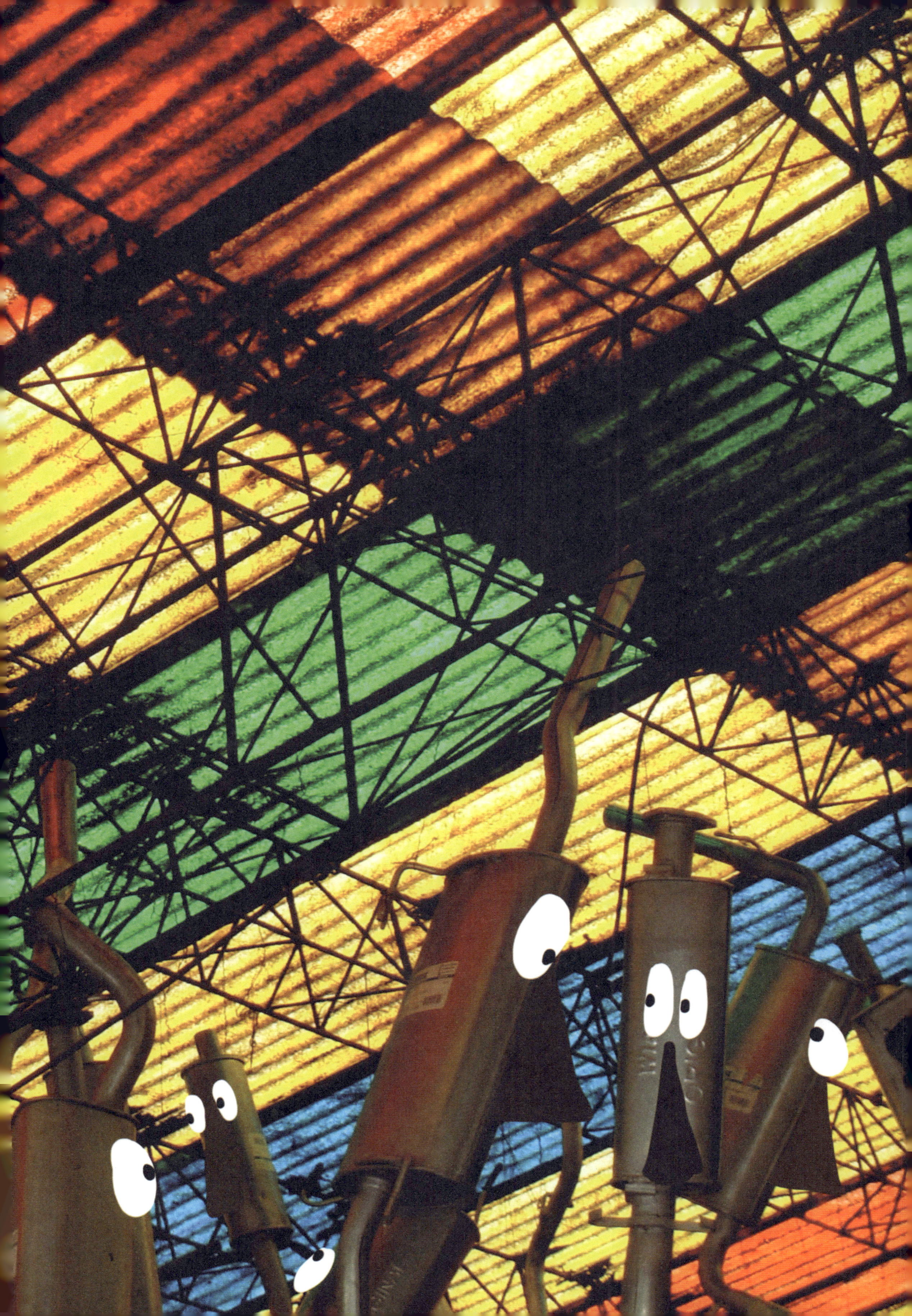

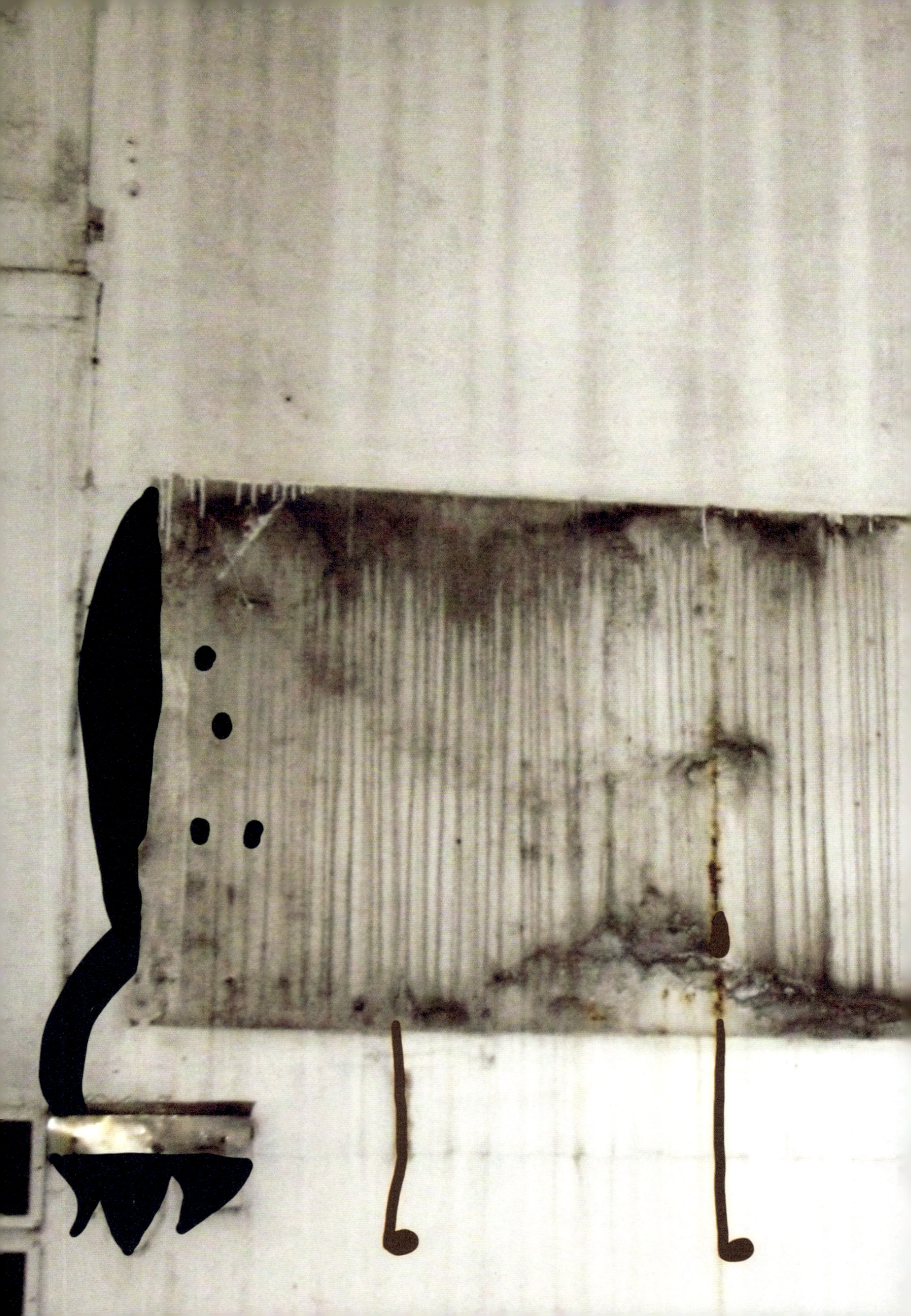

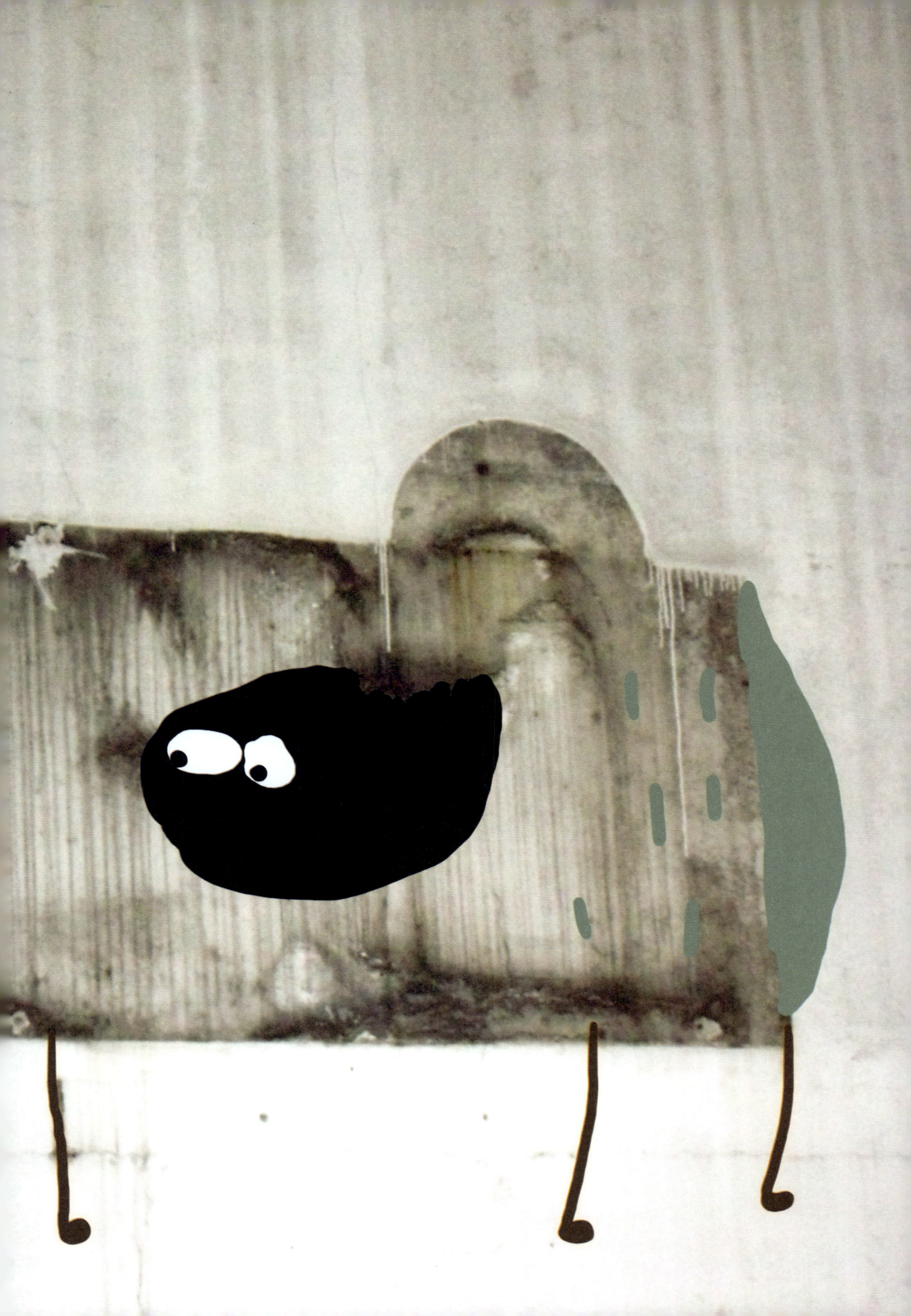

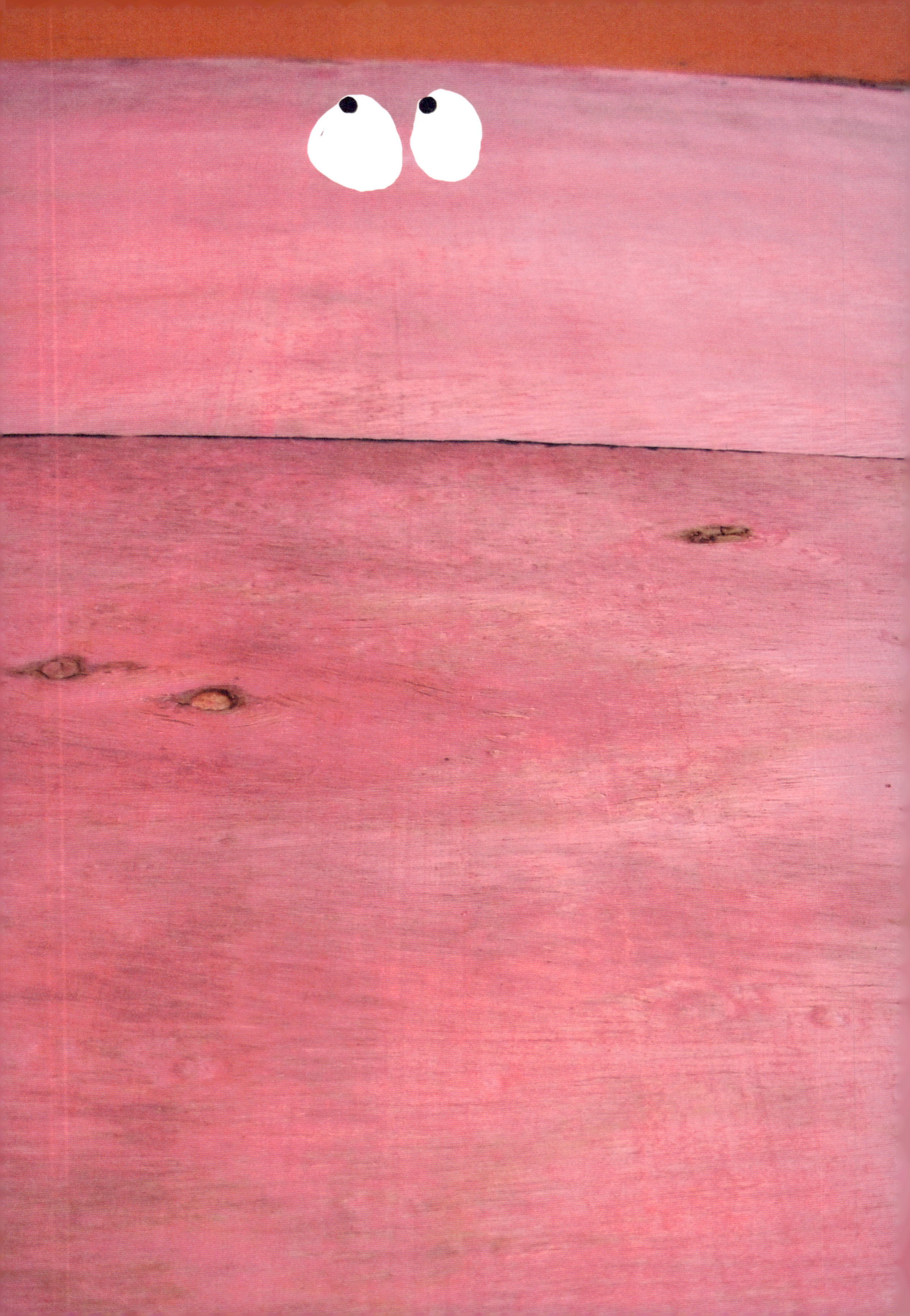

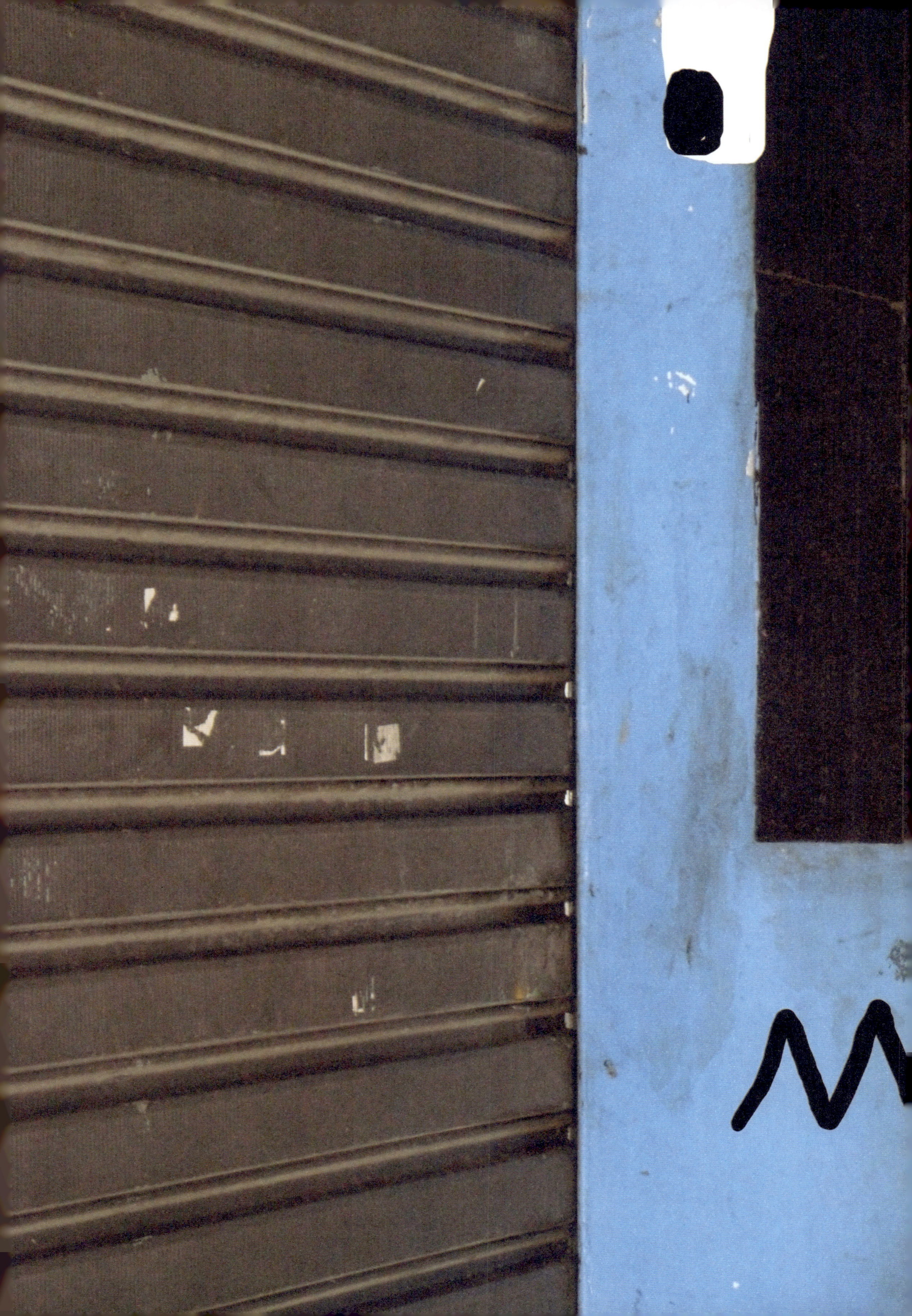

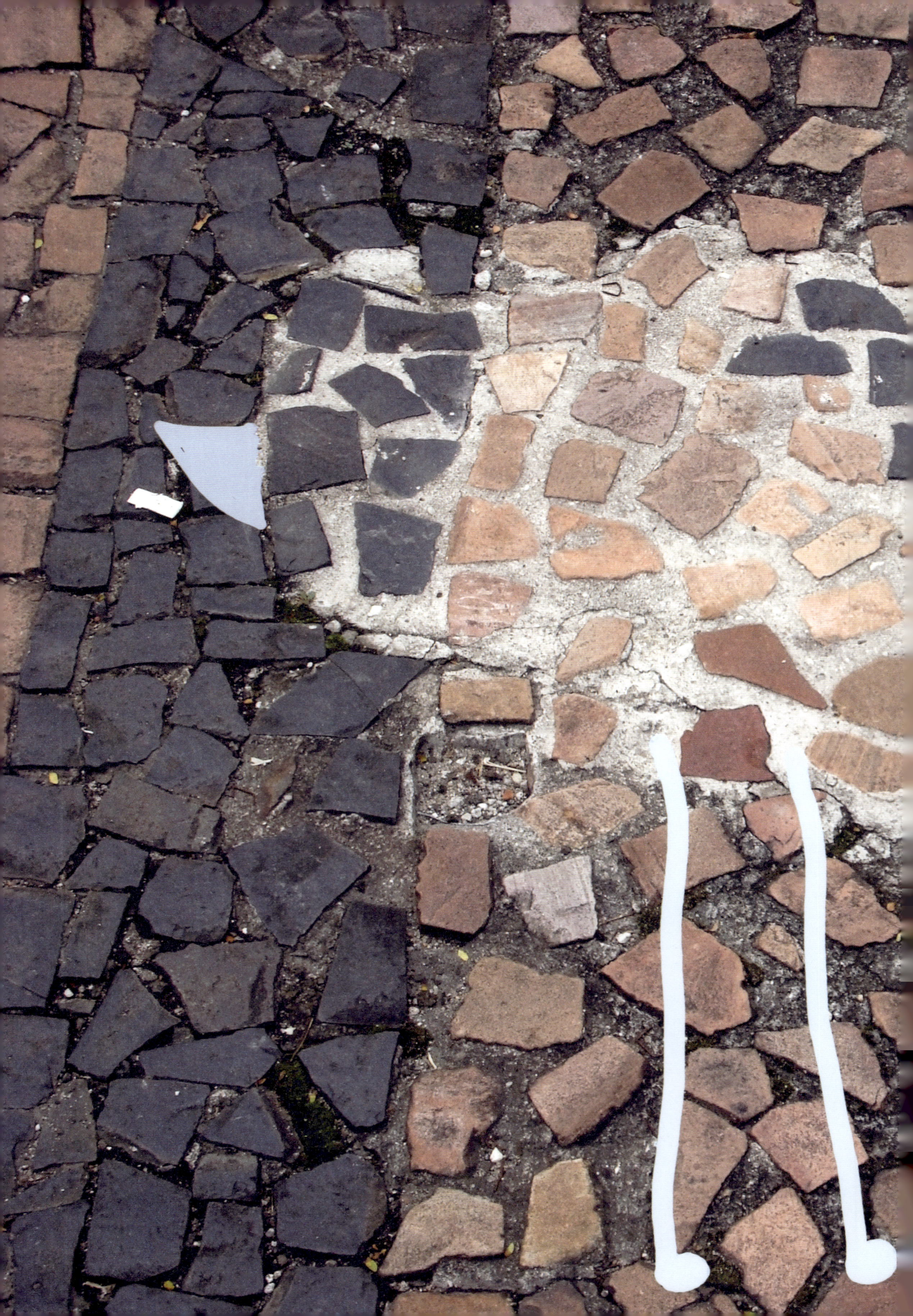

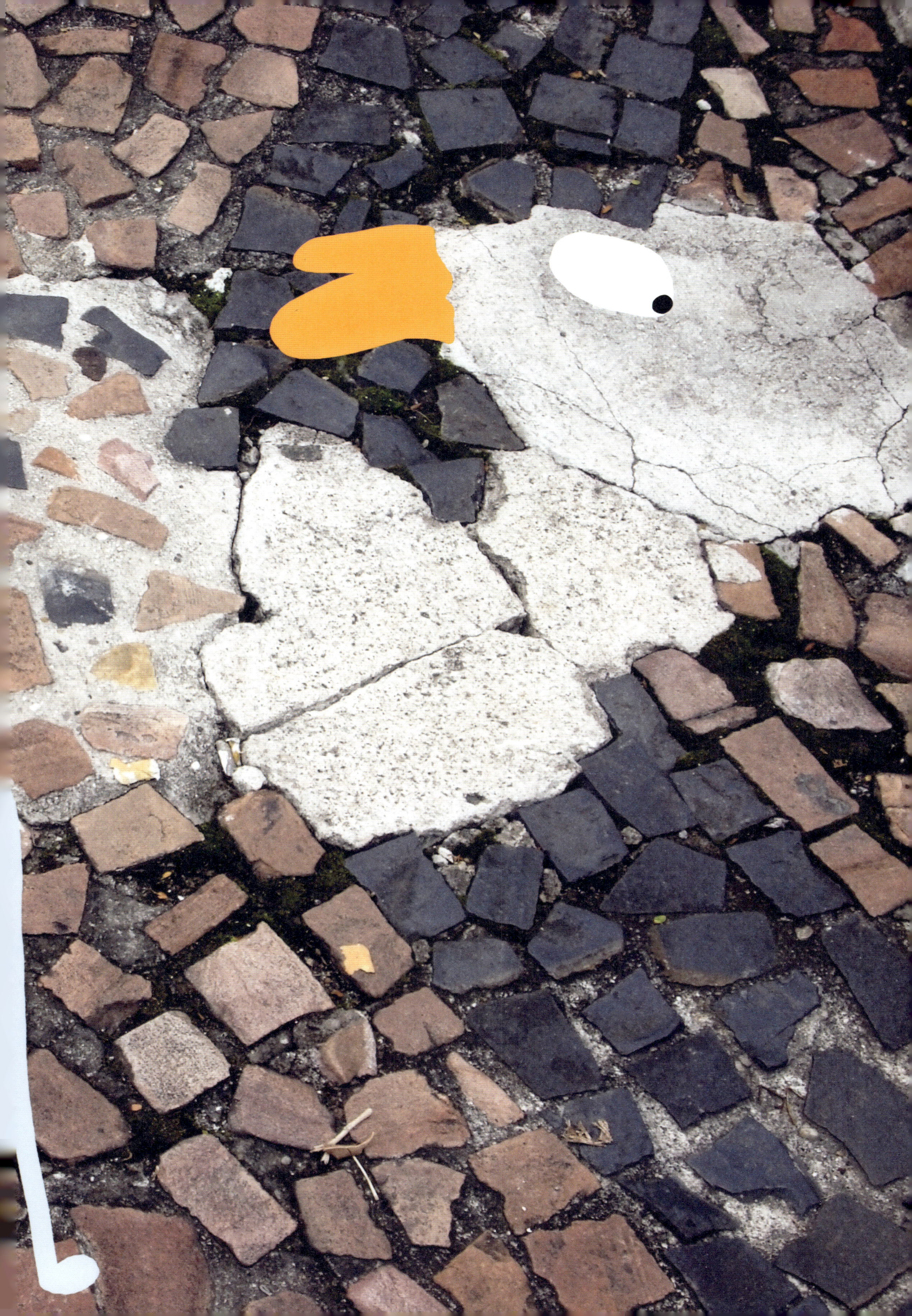

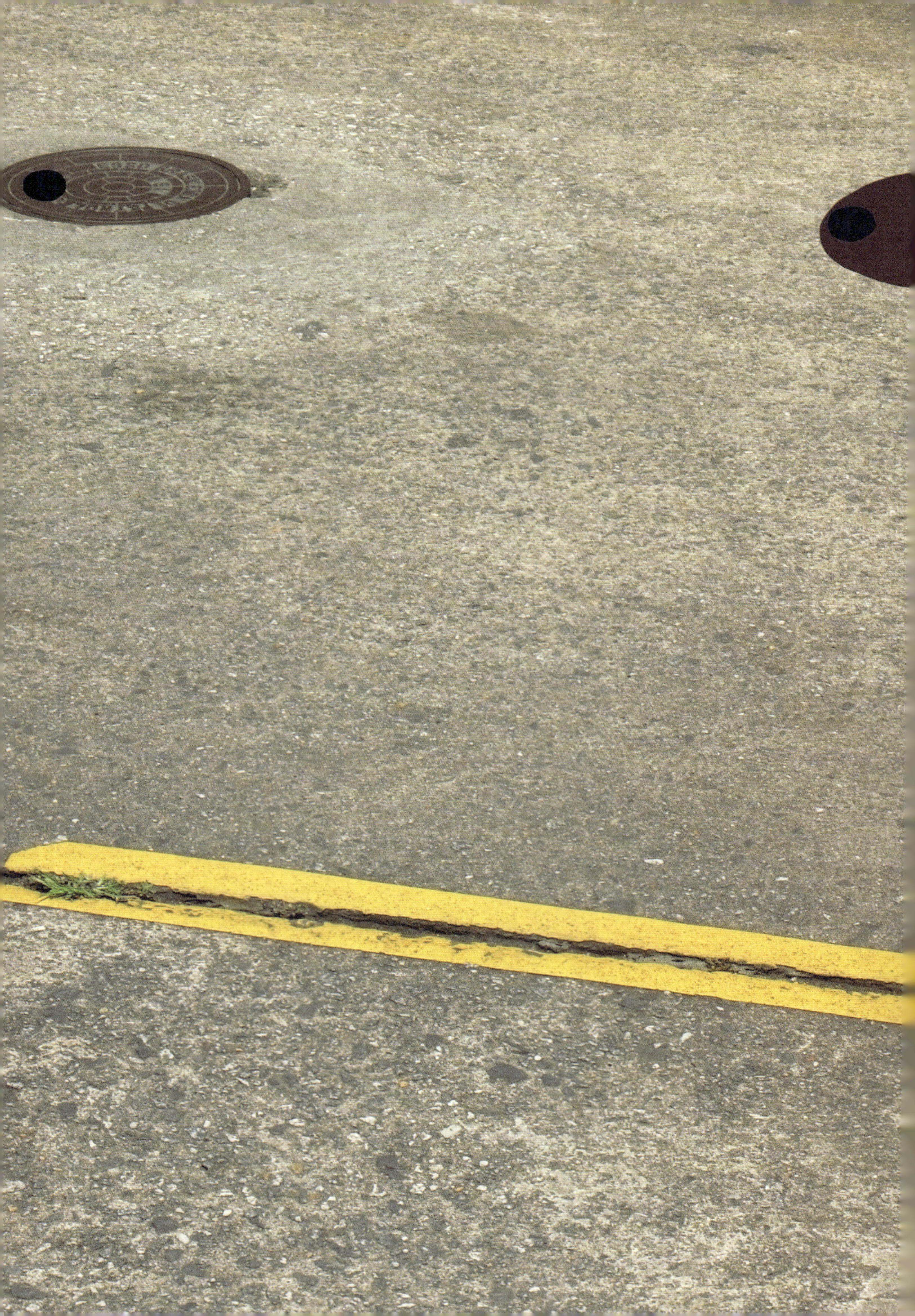

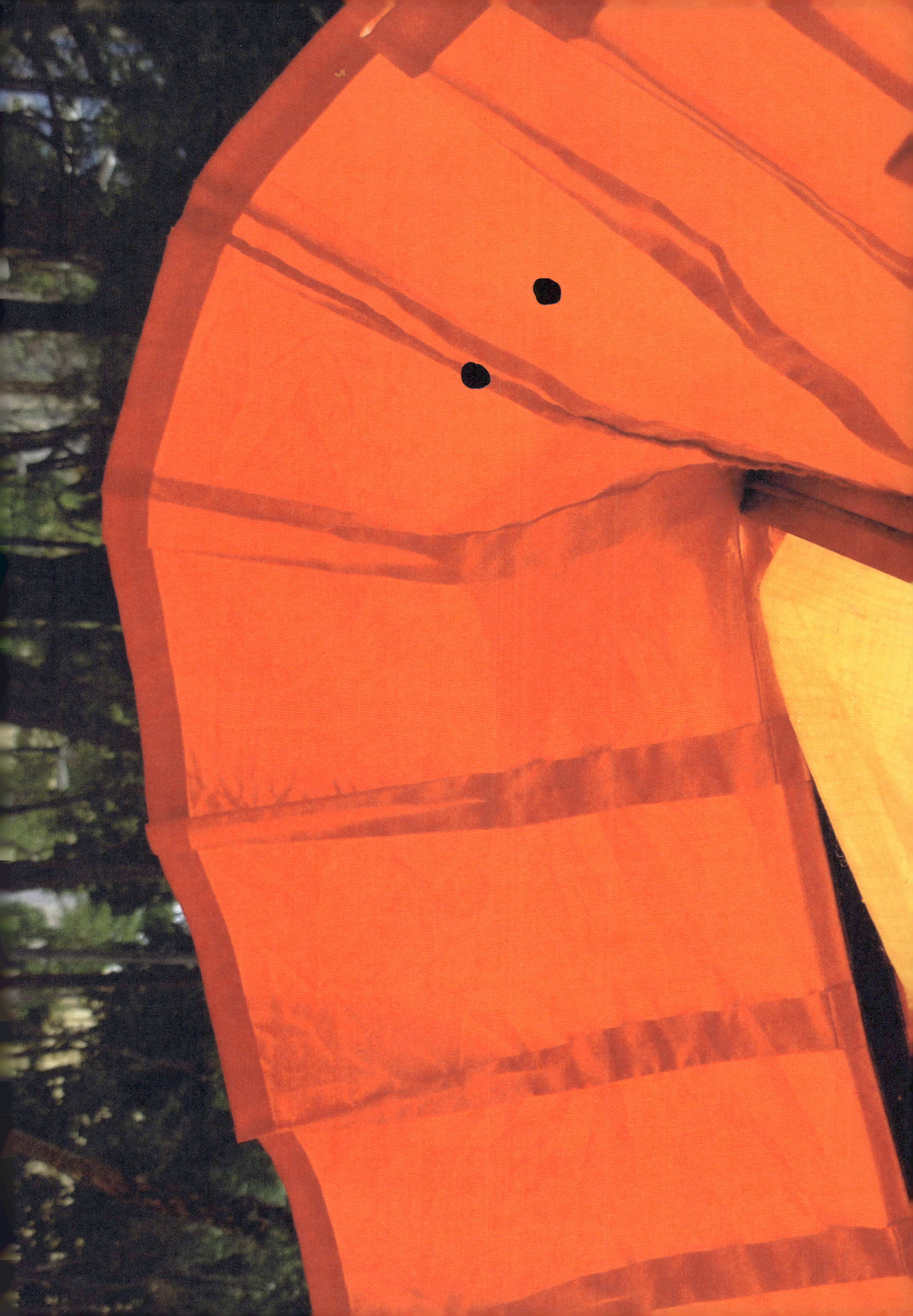

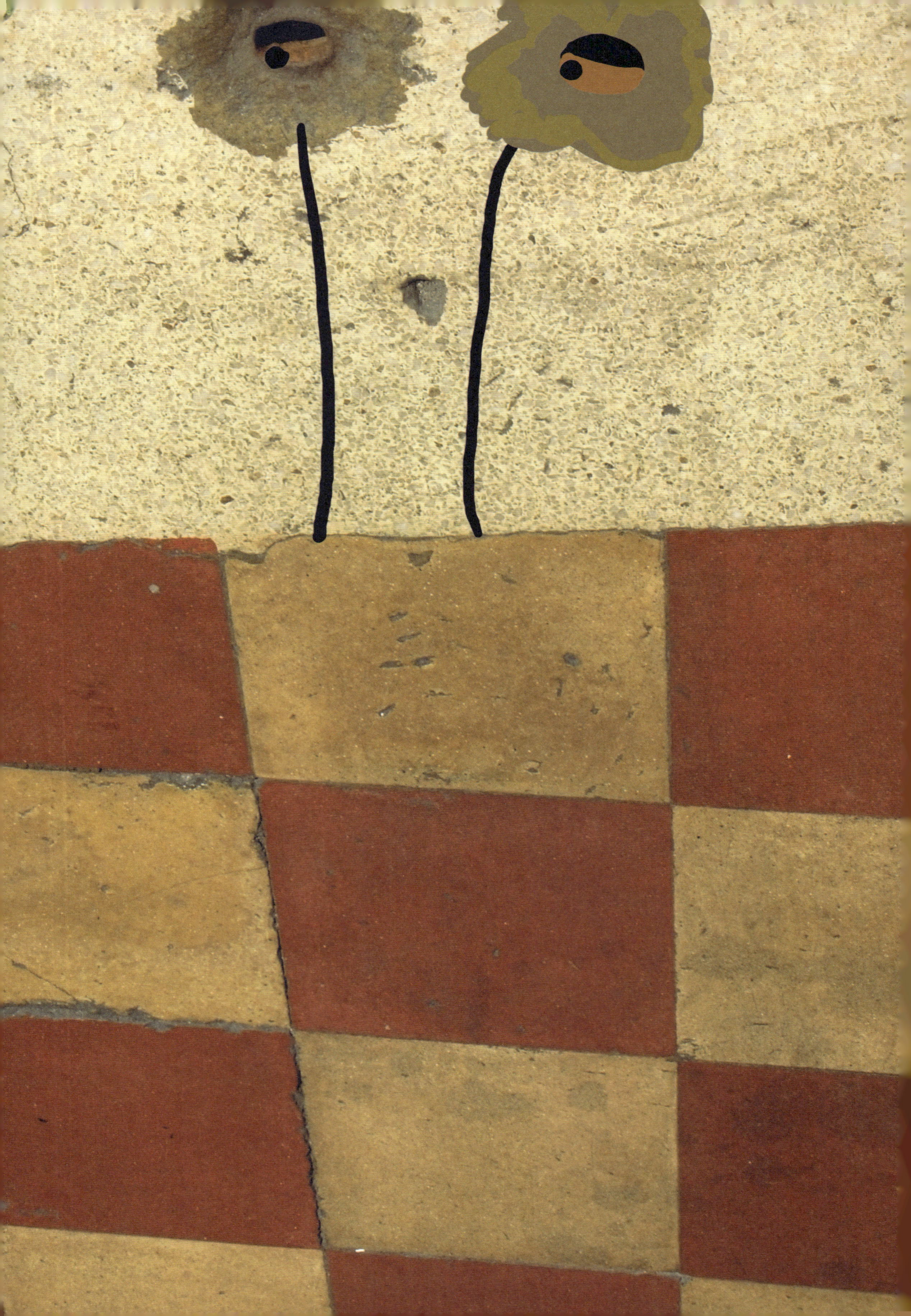

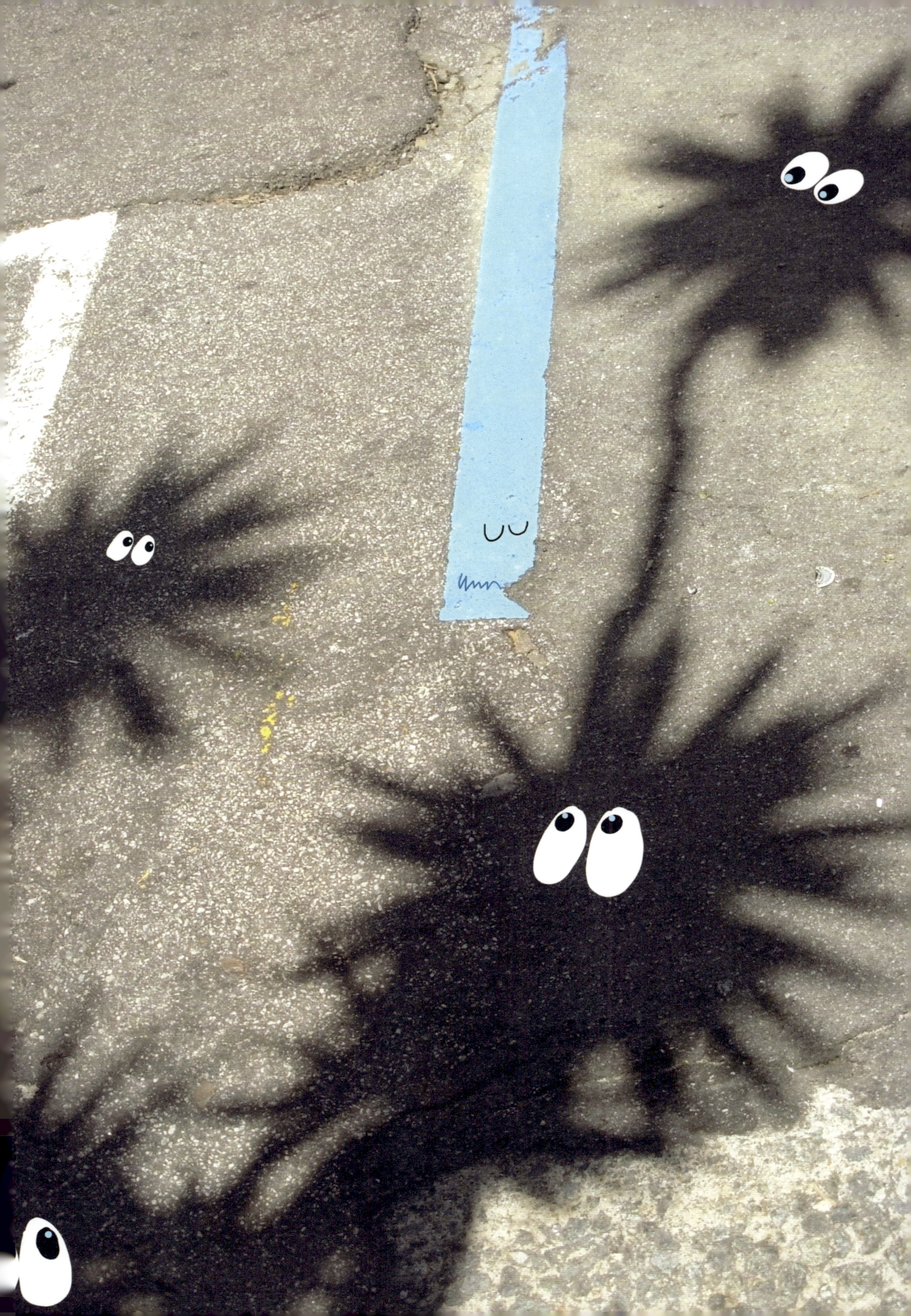

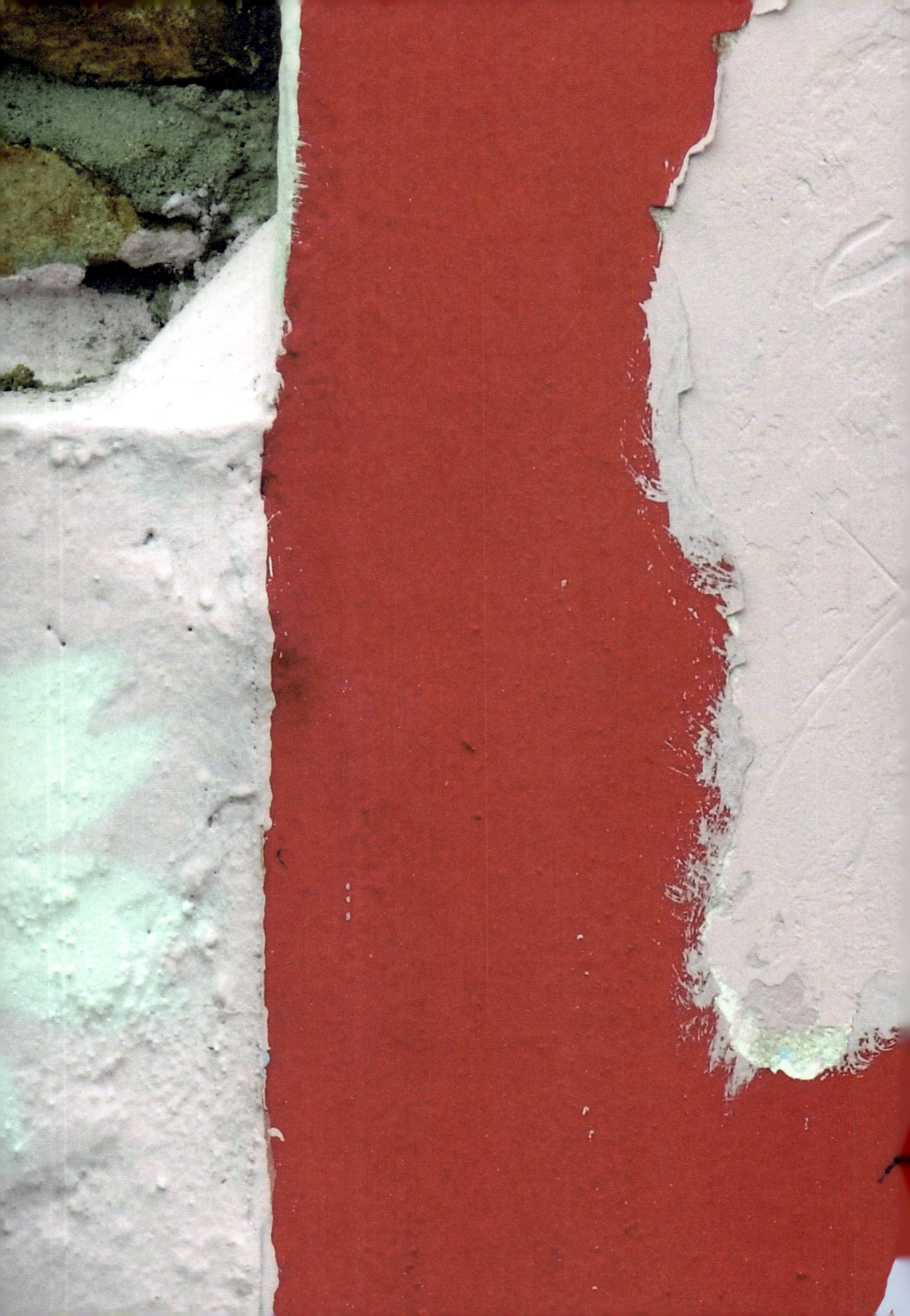

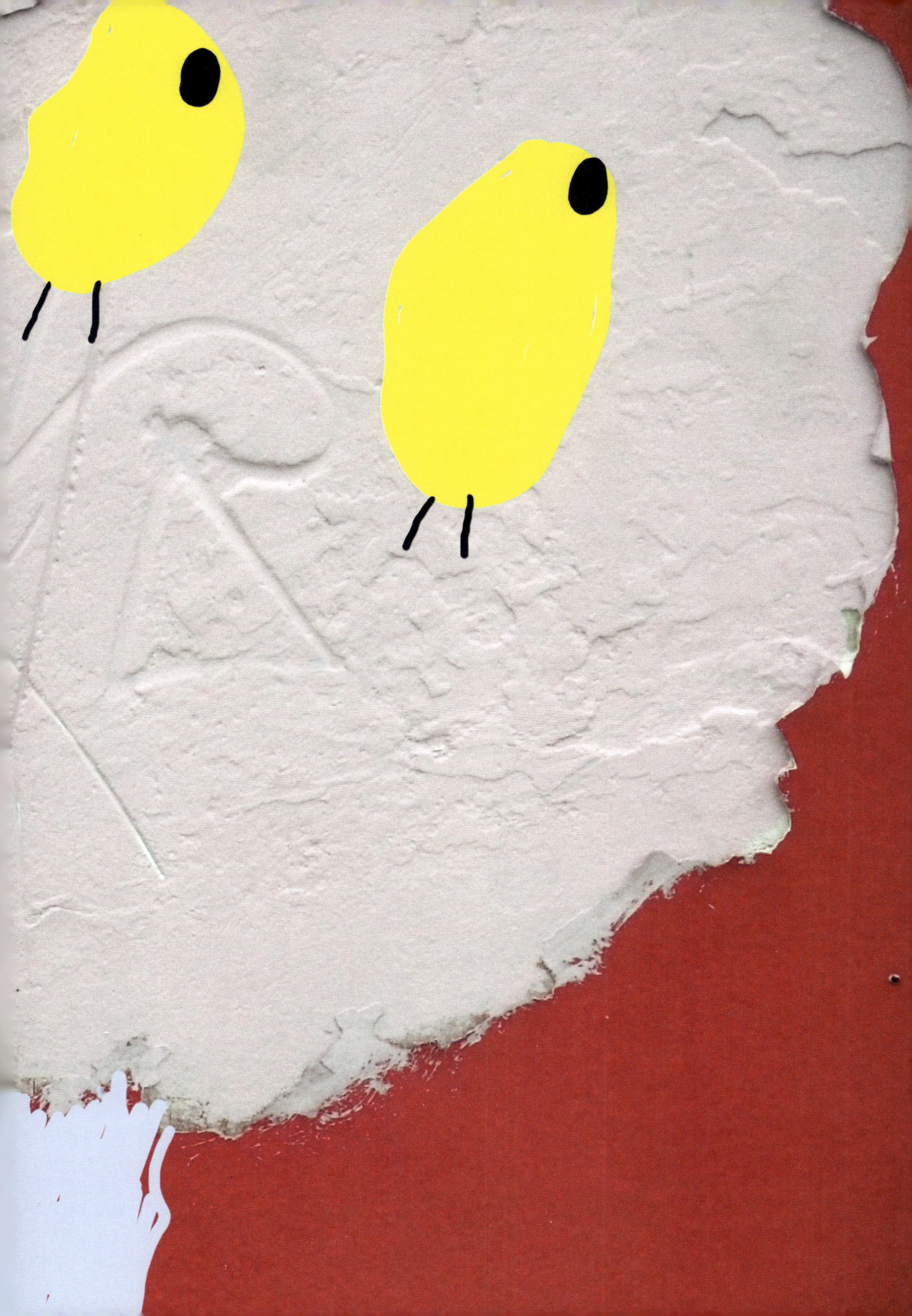

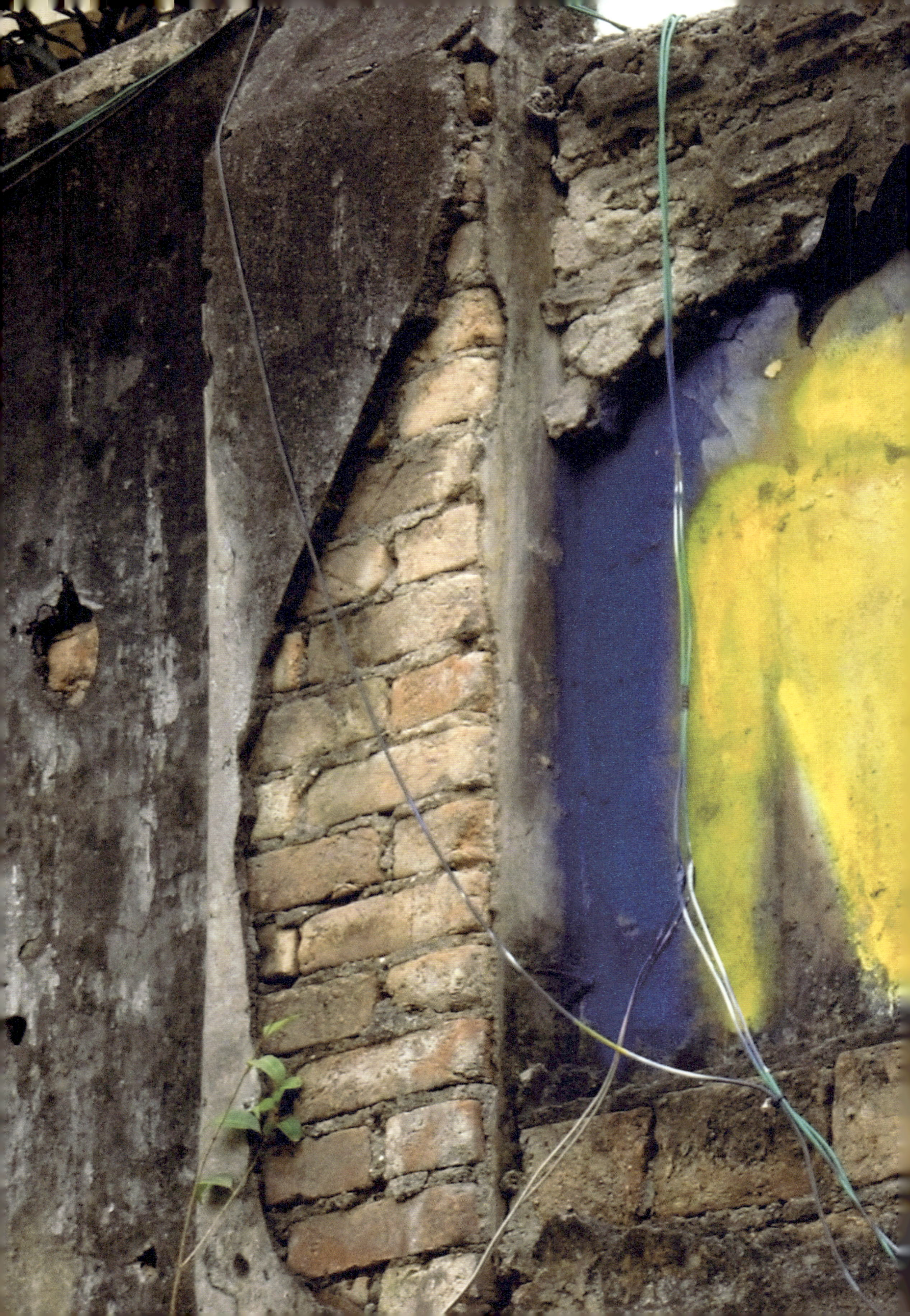

ESTE livro é fruto de um trabalho de mais ou menos dois anos.
Um trabalho que começou, mas acho que nunca vai terminar.
Eu morava e trabalhava no centro de São Paulo na época, mais especificamente no Largo do Arouche.
Tinha um cachorro que se chamava Mentex, um bull terrier que era um supercompanheiro de caminhadas.
Todos os dias a gente saía para passear e andava por quase uma hora.
Na bolsa, sacolinhas para catar o cocô do Mentex e uma máquina fotográfica que captava os monstros que iam aparecendo na minha frente.
Confesso que às vezes eu tinha que abaixar, olhar para cima, procurar com mais atenção, mas, na maioria das vezes, já conseguia visualizar o que viria depois...
Claro que, quando eu voltava pro estúdio, alguns detalhes fundamentais eram acrescidos às fotos. Um olho aqui, uma boca acolá... Virar uma imagem de ponta-cabeça! Às vezes não precisava de quase nada, e a rua já ganhava um novo significado pra mim.
Uma vez uma mancha cor-de-rosa de detergente me chamou a atenção. Nossa! que cor! Uma sensação mista de nojo e encantamento.
Quando a cidade passou por uma "limpeza" na publicidade, foi um prato cheio! Surgiram manchas e muita sujeira por trás daqueles painéis que foram arrancados. Demorou para alguém pintar um muro, uma empena, uma fachada inteira! E minha imaginação deitava e rolava povoando os espaços.
Daí surgiu a ideia de fazer um livro. A história não precisava ser escrita, pois as imagens já contavam tudo! Uma cidade reinventada... Uma aventura pelo olhar que não se conforma em apenas ver, mas quer sempre ver diferente!
Monstros urbanos pra mim é um livro muito especial e muita gente o acompanhou, viu nascer, crescer e começou a ver monstros também!

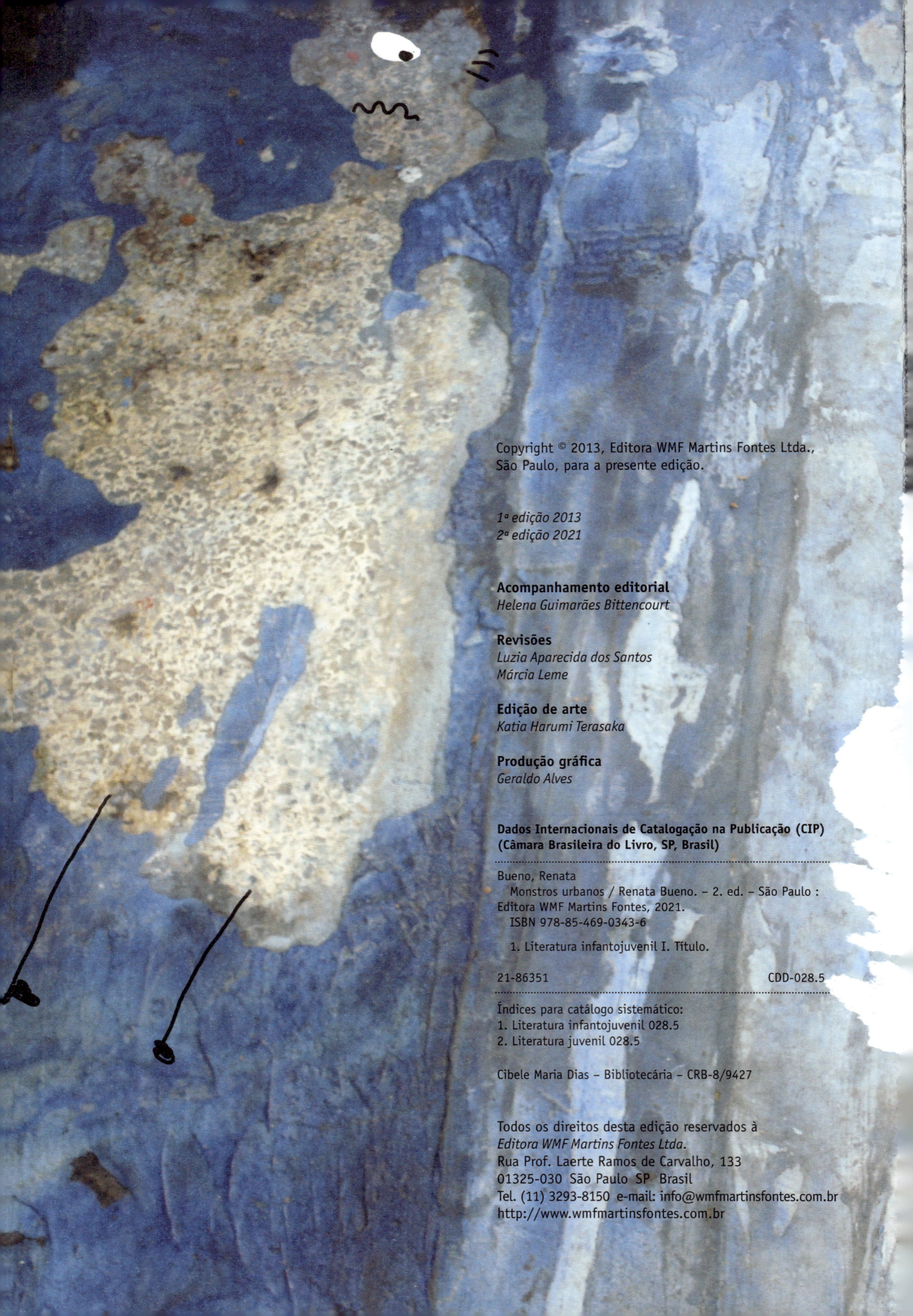

Copyright © 2013, Editora WMF Martins Fontes Ltda.,
São Paulo, para a presente edição.

1ª edição 2013
2ª edição 2021

Acompanhamento editorial
Helena Guimarães Bittencourt

Revisões
Luzia Aparecida dos Santos
Márcia Leme

Edição de arte
Katia Harumi Terasaka

Produção gráfica
Geraldo Alves

Dados Internacionais de Catalogação na Publicação (CIP)
(Câmara Brasileira do Livro, SP, Brasil)

Bueno, Renata
  Monstros urbanos / Renata Bueno. – 2. ed. – São Paulo :
Editora WMF Martins Fontes, 2021.
  ISBN 978-85-469-0343-6

  1. Literatura infantojuvenil I. Título.

21-86351   CDD-028.5

Índices para catálogo sistemático:
1. Literatura infantojuvenil 028.5
2. Literatura juvenil 028.5

Cibele Maria Dias – Bibliotecária – CRB-8/9427

Todos os direitos desta edição reservados à
Editora WMF Martins Fontes Ltda.
Rua Prof. Laerte Ramos de Carvalho, 133
01325-030 São Paulo SP Brasil
Tel. (11) 3293-8150 e-mail: info@wmfmartinsfontes.com.br
http://www.wmfmartinsfontes.com.br